神奇許願系列 3

隨我心意選老師

崔銀玉（최은옥）／著　金鵡妍（김무연）／繪　劉小妮／譯

目錄

真好玩！

最糟糕的大魔王！

建宇一出門就加快腳步，因為今天很特別——三月二日！這是他升上小學三年級開學的日子。建宇雖然也很期待見到新朋友，但是更想知道班級導師是誰。因為至今為止，建宇遇到的導師，他都不喜歡。建宇想起自己一年級的班導，就忍不住皺起眉頭。

「那個老師不知道為何總是在體育課時，讓我們做其他事情。還有，也不知道為什麼要出那麼多作業，有夠煩！」

建宇邊想邊搖頭，接著又想起二年級的導師。那位老師實在太囉嗦了，所以建宇在心裡稱他是「嘮叨大魔王老師」，簡稱「大魔王」。有關大魔王的回憶，讓建宇的臉皺成一團，像被踩扁的罐頭，表情也忿忿不平。

「真是的，超煩！簡直是最糟糕的老師！」

建宇忍不住跺腳發洩。

「大魔王一定是討厭我！

哼！

所以才會對我嘮叨不停。」

不管誰是新的班導，一定都比大魔王好。

滿臉憂愁的建宇，眼角餘光看到運動鞋的鞋帶鬆開，當他彎腰重新綁鞋帶的時候，發現地上成排路過的螞蟻。

「哼！你們真好，不用煩惱老師是誰。」

建宇嘟囔著起身，然後望向馬路對面的學校。

「這次要來一位真的、真的很好的老師才行。」

建宇的嘴角上揚，自言自語：

「今天莫名有股好預感喔。」

已經遇到不喜歡的老師兩次了，總不能今年也這麼倒楣吧？

建宇用力蹬一下綁好鞋帶的運動鞋，再次加快腳步。

建宇站在三年五班的教室後門，探頭往裡面看，教室內已經鬧哄哄了。可能是因為新學期的關係，同學們都非常早就到學校。

建宇有看到熟悉的面孔，但不認識的同學更多。他興奮地走進教室，視線環繞一圈後，向站在窗戶旁的同學們，舉起手打招呼。

「嗨，你們也跟我同班嗎？」

「喔？對呀。」

同學回話的語氣冷淡，但建宇毫不在意，繼續靠近他們說：

「上次的運動會，你們是靠我才獲勝的，知道吧？踢足球需要我的話，歡迎隨時跟我說喔。」

建宇聳肩，為了讓去年跟自己不同班的同學都聽得到，他刻意提高音量說話，站在窗戶旁的同學們表情尷尬，覺得建宇是個怪人，於是他們隨意點了點頭，就轉過身不再搭理建宇。

噹噹噹——噹噹噹——

上課鐘聲響起，教室內瞬間安靜到連呼吸聲都聽不見。大家不約而同地閉上嘴巴，用期待的眼神，緊盯著教室前門。建宇也雙手合十，睜大雙眼。

「拜託這次一定要來一位超級好的老師……。」

但是，看到走進教室的老師後，建宇僵住了。簡直晴天霹靂，他的腦中出現閃電雷鳴。

「大魔王？」

建宇揉一揉眼睛，再次定神看，那確實是自己做夢也不想見到的臉，千真萬確是大魔王！

「大家好，我是今年跟三年級五班一起……。」

聽到大魔王的自我介紹後，建宇在內心大喊：

「啊——啊——啊——，全完了！」

開學幾天後的放學時間，社團活動結束，同學們重新回到教室，但大家表情十分沉重。

「張建宇，你為什麼總是亂來？」

「對呀，老師不是要我們一起討論嗎？」

建宇聽到同學們這麼說，發起脾氣大聲說：

「那是因為我很厲害呀，我那樣做是為了讓我們這組獲勝。」

認真
學習
大
魔
3-5

同學們搖頭，認為他無法溝通，紛紛拿起書包離開教室。建宇看著大家離去的背影抱怨：

「可惡，他們怎麼這樣？就算只有我一個人也可以做得很好，是不得已才跟你們一組。唉，這都要怪大魔王，好煩！」

大魔王常常要求大家組隊，做各種活動或作業。他還會特別吩咐建宇不能落單，一定要參加小組討論。

教室內只剩下建宇一個人，當他收拾好書包，準備站起來的時候。

咚、咚！

前方講臺處，突然傳來東西掉落的聲音。

可能是從窗外吹進來的風，弄倒了什麼吧？建宇原本打算不理睬，直接離開教室。可是講臺下面，隱約傳來奇怪的聲響，好像某種東西的沙沙聲，又像有人在竊竊私語。建宇歪頭思考了一下，決定重新走回教室。他低頭往講臺下查看，發現一個小盒子。

「哎呀，原來是座位抽籤筒。」

班上每個月會換一次座位，老師就是用這個抽籤筒來幫大家決定座位並分組。方法是從紙盒內抽出小紙條，上面寫有座位及小組。建宇噘一下嘴，因為他從沒抽中過喜歡的組別。這時候，他看到抽籤筒的旁邊，角落裡還有另一個盒子，那是一個比抽籤筒更小的黃色盒子。

「那是什麼？」

建宇爬進講臺下，拿出那個塞在角落的盒子。黃色盒子上寫著彎彎曲曲的字，而

3月2日
下午2：30

且還畫著可愛的小螞蟻，將盒子高舉後，建宇慢慢讀出那些字：

「選、老、師？」

建宇一臉狐疑拿著盒子站起來，然後仔細翻看。空空的盒子底部也有小字，像是刻意不想讓人看到似的。

「在紙條寫下想要的老師類型，放入盒子就會出現那種老師。」

噗！建宇笑出聲。

「怎麼可能？」

建宇想把黃色盒子丟回角落，就在那時他看到講臺上放著紙張和筆，又看了看周圍、聳聳肩。

「雖然不可能……但是感覺很好玩。」

於是，建宇握著筆，認真思考想要哪種老師。雖然不可能真的實現，但光是想想，就讓人很開心了，這比起去冰淇淋店隨心所欲挑選各種口味更令人興奮。幾分鐘後，建宇下定決心，開玩笑地寫下：

安排很多、很多體育課的老師！

建宇喜孜孜地把紙條折好，放入黃色盒子內。

第二次開學？

隔天早上，媽媽打開建宇房門。

「建宇，快起床！三年級第一天就遲到的話，會給老師不好的印象。」

建宇還是一動也不動，媽媽便使盡全力大吼：

「媽媽也要早點去上班，爸爸已經出門了。你吃完餐桌上的早餐後，趕快去學校，知道了嗎？」

建宇敷衍地點頭，揮手示意媽媽快點離開。建宇聽到玄關傳來關門的聲音，才終於從床上坐起來，打了一個長長的呵欠。

「媽媽也真是的，今天是開學第一天？都已經開學好幾天了，我還跟她說過這次班導跟二年級一樣。」

建宇想到大魔王就皺眉，他搔搔頭，想著今天不知道又會聽到什麼無聊的嘮叨。

建宇吃完早餐後，慢悠悠地走去學校。當他走進教室時，突然愣住了，黑板前有一位沒看過的老師，這位老師體格非常壯碩，他用炯炯有神的目光環視教室，同學們也露出緊張的神情，建宇見狀趕緊坐下。

接著，老師把自己的名字大大地寫在黑板上：

羅運動。

同學們噗哧笑出來，老師像是習慣似的，接著大聲說：

「我是三年五班這學期的導師，我叫羅運動，很開心可以跟大家一起度過這一年。」

建宇懷疑自己聽錯，他拍拍隔壁的同學問道：

「欸，金敏秀，開學才沒幾天我們就換班導了嗎？」

「咦？你說什麼？還有，你怎麼知道我的名字？」

羅運動
3-5

敏秀像是第一次見面那樣，看著建宇。

「不要說笑了，我們是同組的呀！」

建宇突然提高音量，羅運動老師問他發生什麼事。

「敏秀假裝不認識我。還有，是突然換班導嗎？」

「換？今天剛開學，是今天

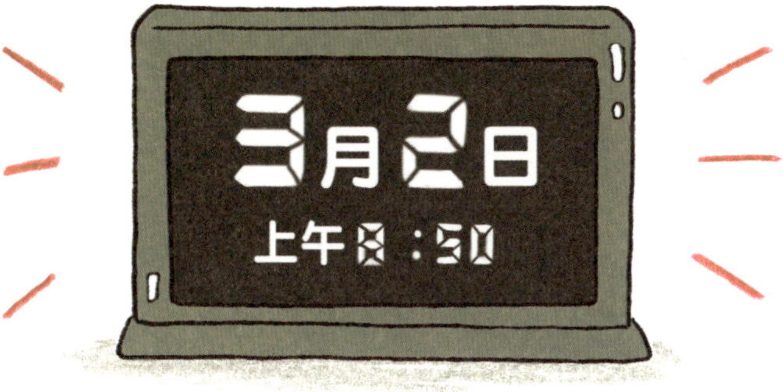

才決定的。」

「今天開、開……學？」

老師點點頭，又指向講臺上的電子日曆，上面顯示「三月二日」。

建宇的心跳好像漏了一拍，腦中響起早上媽媽說的話。

「今天真的是三年級開學第一天……所以才換導師？」

建宇想起那個選老師盒子。

「天啊，難道……？」

建宇往講臺瞥了一眼。昨天他把紙條放入選老師的盒子後，苦惱著要把盒子放在哪裡，拿回家？還是放在桌子抽屜？但那畢竟不是自己的東西，這兩個地方都不適合，因此他把盒子放回原本的位置。

羅運動老師說，建宇應該是因為開學第一天非常緊張，接著他繼續說原本要講的話：

「老師覺得學習固然重要，但健康更加重要。只有身體健康，學習效率才會更好。那麼，為了保持健康，我們要努力做什麼呢？」

老師提問後，露出渴望聽到心中理想答案的表情，於是同學們都回答：「運動！」

老師雙手插腰挺起胸膛，魁梧的身材就像運動選手，同學們都發出「哇啊！」的驚嘆聲。不過建宇還是對眼前發生的一切感到困惑，他甚至懷疑自己是不是在做夢？等等大魔王就會出現。

「我知道最近很多同學運動不足，因此我們班會特別安排許多體育課。除了原本的體育課之外，還會有自由活動和休閒時間。」

「很多體育課？」

建宇即使看到日期已經改變，還是對自己所選的老師出現，感到不可置信。真的很奇怪也難以相信，但是並不覺得討厭，不，應該說非常喜歡。

「嘻嘻，反正這樣很棒！班導換了，還可以盡情上我喜歡的體育課。不過，體育課應該要在操場上課才是最棒的。」

老師似乎讀懂建宇的心思，低頭看看時間表說：

「今天最後一堂是體育課，會在操場上課，大家不要忘記。」

「是！知道了！」

建宇難掩興奮，第一個回答老師。

「今天上第一堂課之前，大家先簡單熱身一下，在原地跑步五

咚咚咚
咚
咚咚
咚
叮叮叮
跑起來！
手揮動
腳也
跑跑跑
咚
咚

分鐘就好。這樣會讓人精神抖擻，提高專注力！跑步是最佳運動。」

老師率先跑起來，站在桌子旁邊的同學們，也一個一個開始原地跑步。心情愉悅的建宇，像在玩有趣的遊戲，蹦蹦跳跳跑起來。

吃完午餐後，老師看到同學們都聚集在操場，於是問道：

「大家都有好好吃過午餐了嗎？」

「有。可能是因為每堂課都要先跑步的關係，今天的午餐比平時更美味。」

老師聽到建宇的回答，自豪地說：

「就是這樣！大家一定要運動。認真吃飯、好好運動，是保持健康的最佳方法。」

同學們都點頭認同，建宇真的很開心有喜歡運動的導師。

「如果跟羅運動老師一起上體育課，應該非常有趣吧？」

建宇的雙眼閃閃發亮，他非常期待體育課，直到老師說出下一句話之前。

「好，最棒的運動可以讓人變得更健康。從現在起，大家跑操場十圈，知道了嗎？」

「什麼？十圈？」建宇感到不可置信。

看著比其他學校都大的操場，同學們紛紛搖頭，但老師毫不退讓，瞪大眼睛說：

「體力這麼弱，未來怎麼變健康？」

建宇和同學們只好開始跑操場，老師緊跟在後面跑，像是在監督大家，所有同學都無法偷懶。不

久後，老師看到同學們癱坐在操場上，不悅地說：

「嘖嘖，才跑三圈就累了，休息三十秒再繼續跑。」

「老師！不要跑步，改成踢足球或玩躲避球不行嗎？」

建宇再次舉手發問，因為他想踢足球的想法越來越強烈。原以為絕對不會退讓的老師，竟然同意了。

「那麼，現在開始踢足球或玩躲避球。」

建宇以為總算有開心的體育課！不過，事情發展又開始偏離他的想像。老師接著說，足球和躲避球的基礎體能很重要，便要求大家再次跑操場。

體育課結束後，全班同學的表情都呆滯無神。

「第一次上這種體育課。」

「明天體育課會多兩個小時，該怎麼辦呀？」

同學們想趕快回家休息，一一離開教室。由於體育課是最後一堂課，所以收拾好書包就能直接回家。

建宇因為忘記拿書包，所以再次回到教室。連球都沒有碰到的體育課，讓建宇十分煩躁，氣喘吁吁地說：

「唉，不給我們踢足球，居然只做體能訓練！真的太無趣了，我想要的老師不是這樣……。」

建宇喃喃自語，一邊整理書包，突然他停下動作，然後目不轉睛地看向講臺。

「再試試看，應該就知道是真是假了吧？到底是不是因為那個盒子？」

建宇來回轉頭確定四下無人後，趕緊走上前，把講臺下方角落的黃色盒子拿出來，迅速放入書包。

建宇回家後仔細觀察這個黃色盒子，不管怎麼看，都只是一個普通盒子而已。

「真的是因為這個盒子，讓日期和老師都改變了嗎？」

建宇實在無法相信，小螞蟻們高舉著「選老師」的文字，以及盒子底部的那些字。把盒子轉來轉去查看的建宇，隨意搖一搖盒子，卻沒有發出任何聲響，他把盒子上的開口稍微掀開往內看。

「奇怪，我昨天放的紙條在哪裡？是被誰拿走了嗎？」

建宇看著這個空盒子陷入思考，最後用力搖搖頭，想甩開那些亂七八糟的想法。

「啊，不知道、不知道！乾脆再寫一張放進去試試看吧。」

建宇拿出一張小紙條與鉛筆，想到也許真的可以選老師，他比昨天更加認真思考。建宇覺得今天一整天都很無趣，於是拿起鉛筆用力寫下……。

眞的、眞的很有趣的老師！

最快樂的一天

早上很早醒來的建宇，打開放在枕邊的手機確認日期。

「什麼？真的又回到三月二日了！」

建宇用力掐自己的臉頰，非常痛，看來應該不是在做夢。

「天啊，那個黃色盒子，居然是可以隨心所欲選老師的工具！」

建宇趕緊把放在書桌抽屜的盒子拿出來，昨天放進去的紙條果然又不見了。

「太厲害了！居然有這種事……。」

建宇早餐也沒吃，急忙飛奔去學校。他迫切想知道，是不是日期改變之後，老師也跟著變了。

建宇喘著氣，一次跨兩個臺階跑上樓。他站在教室後門往內看，教室裡有

幾位同學，但是黑板前沒有老師。建宇悄悄地坐在敏秀隔壁，然後小心翼翼地問：

「那個、啊，你好。請問你認識我嗎？」

「嗯，我不知道耶。我們之前有見過嗎？」

「那就對了！我就知道

你不認識我，哈哈哈。」

建宇笑了笑，敏秀露出厭惡的表情。就在此時，有人慢吞吞地走進教室，還拖著一個巨大的布袋。

「同學們！我是誰呀？」

被嚇到的同學都屏住呼吸，不敢說話，那位戴著面具的人提高音量說道：

「嗷嗚嗷嗚！我是森林之王，這樣還不知道嗎？」

「獅、獅子嗎？」

同學們回答之後，這位戴著面具的人開始在黑板寫字：

曾有趣！

「同學們，我不是獅子，我是曾有趣老師！哈哈哈！我是有趣的曾有趣！哈哈哈哈。」

摘下面具的老師不停哈哈笑，同學們被老師的笑聲感染，也紛紛跟著笑起來。老師整理著亂成一團的捲髮，繼續說：

「我來學校的路上經過文具店，看到店內掛著這個面具，怎麼看都非常適合我。我的頭髮看起來很像獅子的鬃毛吧？哈。對了，我要自我介紹一下：我是你們的班級導師，很高興見到大家！」

同學們用充滿好奇的眼神，看著這位話說不停的老師，建宇的心跳加速，興奮不已。

「太棒了！那真的是可以選老師的盒子。」

「同學們，老師覺得快樂的學校生活最重要。因此，老師會盡可能讓大家在學校的時候過得有趣好玩，好嗎？」

「好！」

「老師最棒了！」

同學們大聲附和，音量之大，快把教室窗戶的玻璃震破。建宇心情雀躍到坐不住，他覺得自己真是選對老師了。而且迫不及待想跟同學們說，這全是自己的功勞。

這時候，老師突然放起煙火。

「同學們！恭喜、恭喜大家！」

「恭喜什麼？」

老師沒有直接回答同學的提問，而是粲然一笑，然後打開自己帶來的巨大布袋。接著，大量繽紛的氣球，飛上教室天花板。同學們拍打桌子，還吹起口哨，發出「哇啊啊！」的歡呼聲。這段期間，戴著派對帽的老師，在黑板黏上許多五顏六色的氣球，其中寫著「一天」的氣球最顯眼。

「我們能夠相遇是莫大的緣分，今天為了紀念我們初次見面，

1天
哇
呵

一整天都來辦派對吧！」

「哇，老師最棒了！」

教室內充滿同學的笑聲，老師打開布袋取出好吃的零食，還有各式各樣的禮物。建宇和同學們、曾有趣老師，

一起度過有趣又開心的一天。不知不覺，放學的鐘聲響起。

「今天好玩嗎？」

「好玩，太太太開心了！今天時間過得好快。」

建宇及同學們大聲回答，只是老師抓著亂成一團的頭髮，露出尷尬的表情說：

「同學們，怎麼辦？因為我們一直在玩都沒有上課。看來只好出作業給大家帶回家寫，大家一定都要寫完，知道了嗎？」

「什麼？怎麼可以這樣？」

「作業太多了。」

建宇和同學們大聲抗議，可是曾有趣老師說，為了明天可以舉辦「第二天派對」，大家必須先在家裡完成作業。老師甚至說，沒寫完作業的同學，就沒有資格參加派對。

回到家的建宇，看著曾有趣老師指定的一大疊作業，長長地嘆了口氣。

「這要寫到何時才能全部寫完呀？感覺即使不吃不喝也不睡覺，都沒辦法完成。」

哭喪著臉的建宇，一直看著電腦。

「真是的，在媽媽回家之前，我一定要先玩一下電動。」

建宇陷入苦惱，又像是想到什麼好點子，一下子打起精神。

「呵呵，我為什麼要苦惱這件事情呢？」

建宇雖然喜歡學校生活變有趣，卻也無法放棄在家裡的玩樂時間。頓時，建宇再度拋開煩惱，開始在紙上快速寫字。

絕對、絕對不會出作業的老師！

建宇一邊吹口哨，一邊把紙條放進盒子。解決煩惱後，他的心情像棉花般輕飄飄的，開始打電動。

好喜歡上學，因為……

吳作業老師

隔天早上，建宇輕快地走進教室。他確認講臺上的電子日曆是三月二日後，便嘿嘿笑了，這個日期預告「今天也一定會換導師」。

新學期第一天，同學們滿

臉期待和緊張。建宇坐到敏秀隔壁，很得意地說：

「你的名字是敏秀吧？我早就知道了，哈哈哈。」

敏秀用不悅的眼神看著建宇，把寫著名字的筆記本翻面蓋起來。

這時候走進教室的老師，推一推厚厚的眼鏡，接著開口說道：

「同學們，大家好！我是這次負責五班的吳作業老師。看到我們班的同學們都這麼開朗有活力，老師充滿期待，今年跟老師一起創造自由和幸福的學校生活吧。」

建宇一聽到老師的名字，就知道是哪種老師，果然是自己選出來的類型。

「又變成我選的老師！怎麼看都覺得好神奇，嘿嘿。」

建宇的心情好到一直想笑出聲來，如果不用手摀住嘴巴，說不定會像放學離開學校那樣大笑。老師說有重要的事情宣布，再次打開話匣字：

「老師從小就很討厭寫作業，每次寫作業的時候，就覺得渾身不對勁。既然在學校已經努力學習，回家就該盡情玩樂，你們覺得怎麼樣？」

老師從小
就很討厭
寫作業，
因此……
絕對
沒有
作業

「對！對！」

同學們此起彼落應和，吳作業老師眼睛發光，說：

「因此，我下定決心做一個不出作業的老師，之後我們班絕對沒有作業。不過相對的，我希望大家要做好自己該做的事情。」

「天啊，居然不用寫作業，太棒了！」

「哇，好開心！」

同學們從未如此喧鬧，有依然難以相信的同學，也有已經開始安排玩樂的同學。建宇也為沒有作業的學校生活感到亢奮不已，像是去遊樂園玩的前一天那樣。

「好了，今天的第一堂課就來自我介紹吧。雖然有些同學之前就互相認識，但應該也有許多第一次見面的同學，請大家走上臺簡單自我介紹。其他人在同學自我介紹的時候，要認真聽，知道嗎？那麼，誰要先開始？」

「我！我！我先來。」

建宇調皮地把手舉高，然後匆匆忙忙往前走，在黑板上用大字寫上自己的名字。

「我是張建宇！我功課不錯，但是更擅長運動。我最會踢足球，去年運動會也是因為我一個人踢進三顆球才獲勝。今年我一定會踢進更多球，來幫我們班取得勝利，所以大家可以好好期待。還有就是多虧了我，大家才可以選到這麼好的班導……不，哈哈哈。總之，很高興認識大家。」

「嗯？你說老師什麼？」

吳作業老師笑著追問建宇。

「啊，什麼都沒有。」

建宇趕緊回到自己的座位，即使自己說了，也不會有人相信，而且也沒有方法可以證明給大家看。

幾天後，建宇哼著歌走去學校。因為沒有作業，所以上學沒什麼好擔心的，每天都心情暢快。

不需要聽到媽媽叫自己快點去寫作業，還可以在家裡盡情做自己想做的事。每天早上也不用緊張是不是有忘記寫的作業，不需要哀求同學讓自己抄作業。

「哇喔，原來上學可以這麼輕鬆。」

建宇笑嘻嘻走到文具店門口，正好看到走在自己前面的吳老師，建宇高興地向老師問好：

「老師好！」

正在看手機的老師，緩慢地把目光轉到建宇身上。

「啊啊，你好。你是我們班的嗎？」

「什麼？」

建宇露出不解的神情，老師再次開口說：

「啊，對、對，我想起來了。是我們班的。嗯，你的名字是什麼？」

老師歪著頭問。建宇因為太

過震驚，所以用力說：

「建宇，張建宇！我之前還有自我介紹。」

「啊，對，對！張建宇。建宇現在也是要去學校吧，那等等見囉。」

老師說完後，馬上把注意力再放回手機上，就這樣走掉了。

「什麼啊？該不會……老師不知道我的名字？」

建宇的好心情急轉直下。三年級開學有一段日子了，老師居然連自己的名字都不知道。

於是，建宇在上課的時候，一直努力找尋機會舉手發聲。

「老師，我、我來讀！」

建宇拿著翻開的課本，站了起來。

「好，嗯……你的名字是？」

看到老師說話開始結巴，建宇「哼」了一聲說：

「老師，剛剛在文具店門口，我不是已經告訴您了嗎？」

「啊，對！是那樣沒錯，張什麼來著……。」

「張、建、宇！我叫建宇，建、宇！」

建宇氣到用力拍胸脯，老師因此向他道歉，還說絕對不會再忘記。沒想到，下午放學時，老師把建宇喊成「建玉」。建宇的怒氣有如火山爆發，同學們也開始抱怨吳老師過分的行為。

「真是的，我明明有說那天要請假，但老師還是問我為什麼沒有來學校。」

「我上週已經當過一次值日生，老師這週又叫我當。」

「我只是去一下保健室，老師居然問我上課時間跑去哪裡？而且，一開始叫我去保健室的人就是老師呀。」

建宇雖然喜歡不出作業的老師，但像吳老師這樣對學生漠不關心，實在令人生氣。他快步趕路，氣喘吁吁回到家後，馬上拿出那個選老師的盒子。

「怎麼可以連自己學生的名字都不知道？老師對我們一點都不關心！」

建宇氣得臉紅脖字粗，他再次快速在紙上寫下。

眞的、眞的很關心我們的老師！

世界第一的老師

「看起來老師還沒到教室，但不知道為什麼，我總覺得自己會很喜歡這次選的老師。」

建宇站在教室門口東張西望的時候，有人拍了拍他的背。

「同學，你是建宇吧？在這裡做什麼呢？怎麼還不進去教室？」

建宇回頭一看，某位老師正對他露出燦爛的笑容。

「啊！老師，今天是開學第一天，您是怎麼知道我的名字？」

「這個呀，因為是新學期的開始，所以我先把班上同學們的名字背起來了。」

老師把手放在建宇的肩膀上，然後繼續說：

「我是看照片來背名字的，沒想到建宇本人更加帥氣耶。」

「哎呀，沒有沒有。我今天沒洗頭，帥度跟平時比起來差了一點。」

建宇昂起下巴走進教室。

老師在黑板上寫下自己的名字，她的名字是「全關心」。點

名時，老師先跟每位同學對視之後，再喊出對方的名字。最後，老師溫柔地說：

「同學們，真的很謝謝大家來到這一班。未來一年，老師會多多關心並疼愛大家，大家也請多多支持老師。」

聽到老師真誠的話語，所有同學的臉都亮了起來，就像收到一大束漂亮的花，又驚又喜。建宇笑得正開心時，教室後門被打開，敏秀心虛地走進來，老師十分關心問他：

「哎呀，敏秀有點晚到了。有什麼事情嗎？是不是哪裡不舒服？讓老師看看。」

老師滿臉憂心，摸一摸敏秀的額頭，又仔細看了看他身體各處是否有不舒服。

「我、我沒有不舒服，只是睡過頭……。」

「原來是這樣。看來敏秀一定非常期待今天，對吧？所以才會睡不好覺，應該很晚才睡著吧？」

敏秀難為情地點頭，老師摸著他的頭說。

「沒關係、沒關係，有時候就是會遲到。老師也常常睡過頭，不用擔心，快坐到位子上吧。」

敏秀鬆了一口氣，坐到建宇隔壁的位置。建宇興奮地想：

「天啊，這麼溫柔的老師，真的不會再有其他問題了。全關心老師如果可以一直是班導，就太好了。」

建宇用氣音講話，向敏秀炫耀說：

「你可能不知道，但這一切都是託我的福喔。」

敏秀一頭霧水，斜眼看著建宇並聳了聳肩。

幾天後的某個早上，建宇哼著歌走進教室。

之前好像從來沒有像現在這樣，開開心心地上學，其他同學看起來也是如此。

「同學們，我們的老師真的很棒吧？昨天我沒吃早餐就來學校，老師還特地給我麵包和牛奶。」

「老師給我看偶像們的照片，然後問我最喜歡哪一位。我還問老師怎麼會知道我喜歡他們？真的好感動喔。」

「我上次忘記補習班接駁車的出發時間，是老師提醒我要快點走，老師真的非常關心我們。」

「對、對！我們老師真的很溫柔又親切，老師最棒了！」

就在建宇笑著聽同學開心聊天的時候，走進教室的老師逐一看過每位同學後，說：

「敏秀，你有什麼好事情嗎？今天的氣色特別好喔。」

「媽媽說要買滑板車給我！老師只是看到我的臉而已，您是怎麼知道的？太厲害了。」

老師只是笑了笑，好像在說這沒什麼大不了。然後老師轉頭看著建宇說：

「喔喔，建宇，今天穿新衣服！難怪看起來很帥，

這衣服真的很適合你。」

建宇呵呵笑起來。

「不過，建宇今天也沒有洗頭嗎？已經第幾天沒洗了？頭應該會很癢吧，沒關係嗎？」

身旁的同學們哈哈大笑起來，建宇面紅耳赤，他趕緊提高音量說：

「不是這樣的，我昨天有洗！」

「不可能喔，因為老師都知道。你昨天、前天，還有大前天，再前一天都沒有洗。或許在我們班，建宇是不洗頭的冠軍。」

同學們哄堂大笑，甚至還有同學說「老師怎麼連這種事都知道」、「老師實在太厲害了」。不過，建宇卻感到火冒三丈。

開始上課之後，建宇的肚子不太舒服，可能是因為早餐吃太撐。建宇想去廁所，但剛剛的事，讓他不願意開口跟老師說。同學們的嘲笑聲還在建宇腦中迴盪，實在太煩了。建宇用力夾緊屁股，繼續忍耐著。這時候，老師直盯著建宇的臉看。

「天啊！建宇，你現在是不是非常想去廁所？」

「沒、沒有！」

「什麼沒有，不要這樣，你快去。還有，你為什麼要憋著大號呢？」

老師剛說完，同學們全都再次大笑起來。建宇因為難為情，全身變得紅通通。他現在不是想去廁所，而是想快點回家，馬上改選其他老師。

回到家的建宇，看著選老師的盒子苦惱許久。全關心老師平常都很好，但過度關心也令人厭煩。

「老師連雞毛蒜皮的小事都知道，好煩！」

建宇這次難以決定要選哪種老師。安排非常多體育活動的老師、真的很有趣的老師、絕對沒有作業的老師、很關心同學

們的老師，他好像已經把好老師都選過一遍了。

建宇在紙條前面留下空位，後面先寫上「老師」這兩個字。

「……要寫哪種老師好呢？」

這時候門口傳來媽媽的聲音。

「建宇呀，你在家嗎？」

突然回家的媽媽，正要打開建宇的房門。受到驚嚇的建宇，慌亂中把紙條直接丟進選老師盒子內，然後把盒子丟在腳邊。同時，房門一下子被打開了。

「建宇，你在家呀，幹嘛那麼驚訝？」

「驚、什麼驚……媽媽為什麼提早回家？」

「我在附近辦點事情，就順道回家一趟。」

媽媽關上門，再次外出。建宇趕緊彎腰去找選老師盒子。

「真是的，我還沒寫好。」

建宇快速把手穿過盒子開口，撈出剛剛放入的紙條。在這一瞬間，盒子發出讓眼睛無法睜開的強光。

「啊呀！」建宇立刻緊緊閉上眼睛。

選老師

螞蟻人生

「老師，請快點醒醒！」

不知道是誰的急促聲音，讓建宇瞬間清醒過來。他撐起沉重的身體坐起來，揉揉模糊的雙眼一看，眼前有一個奇怪的東西：黑黑圓圓的頭和身體，突出的尖尖觸角，還有好幾條長手臂和腿。

「螞、螞蟻？」

建宇再次緊閉眼睛、再睜開，但眼前的螞蟻並未消失，而且

老師！
老師！！

還是跟建宇一樣大的巨型螞蟻！

「啊呀！這、這是怎麼一回事？」

建宇用臀部畏畏縮縮地往後移動，其中一隻螞蟻笑著走到建宇面前。

「老師，請不要太過驚嚇，我的名字是阿特。那邊是卡特、那特、帕特……這裡是螞蟻們住的村落。」

「什麼？螞蟻村落？我變得跟螞蟻一樣小了嗎？」

建宇邊檢查自己的身體邊說。

「不過我為什麼會在這裡？還有你們為什麼一直叫我老師？

我不是老師啊。」

「老師您被選為我們組的老師。」

「什麼？我被選為老師？」

建宇的聲音高了好幾度，阿特點了點頭，指向建宇的右手，建宇這才鬆開緊握的右手。他手中有一張小紙片，那是建宇之前放入選老師盒子，後來又拿出來的。

「上面明明有寫，一旦放入盒子之後，就不能再拿出來。」

那特走過來，表示都是建宇的錯。

「這不可能！說起來，就是你們做了那個選老師盒子嗎？」

那特和其他螞蟻們一起點頭，建宇恍然大悟，終於明白盒子上「選老師」的字為什麼是由螞蟻扛著。

「我不知道、不知道啦，反正等我回過神就拿出來了，你們快點把我送回家！」

建宇欲哭無淚，一心想趕快回家，阿特走向坐在地上蹬腳的建宇，以示好的態度說：

「讓老師回家的方法只有一個。」

建宇聽到這句話後，猛然抓住阿特的手站起來。

「什麼？那方法是什麼？」

阿特指了指位在遠方的高山。

「把我們所有螞蟻帶到那個山頂的洞穴。聽說那裡有一塊巨大岩石，上面寫著回到老師世界的方法。但最重要的是，每一隻螞蟻都不能脫隊，必須所有螞蟻一起去。」

「你說什麼？」

建宇氣呼呼瞪著身邊數十隻螞蟻，表情像在說「這怎麼可能！」。可是所有螞蟻的眼神都非常堅定，看起來沒有商量的餘地。

阿特抬頭看了看不太尋常的天空，說：

咻
咻

「我們必須快點出發！很快就要下大雨，其他組的螞蟻們應該都已經出發了，只剩下我們這一組……。」

遠方黑壓壓的烏雲來勢洶洶，建宇露出害怕的表情，他完全不知道該怎麼辦。這時，帕特皺緊眉頭說：

「咦，老師怎麼會這樣呀？

再怎麼想都是選錯了，本來就已經很煩，現在倒好……我會留下來，你們要去不去隨便。」

「帕特，為什麼你總是這樣？我們是因為你才遲到的，都是因為你才決定選老師的。」

那特越說越大聲，帕特也豎起觸角抱怨。

「為什麼說都是因為我？其他同學也不想去呀。還有誰說我會聽老師的話？不要說老師了，即使校長來都沒用。你們就不要管我，即使只有我自己一個人也可以活得很好。」

帕特與那特你一句我一句互相反駁，感覺隨時會打起來。

阿特和其他螞蟻，不知道該怎麼辦才好。此時，天空一道閃電落下，接著颳起猛烈強風，建宇和螞蟻們被吹得搖搖晃晃。

建宇大喊：

「不要再吵了！真的下雨的話，我們該怎麼辦？我也想趕快回家！」

建宇阻止那特和帕特爭吵。然後，他猶豫片刻，張開嘴巴欲言又止，突然一口氣說：

「喂！不管你是帕特還是誰，你既然這麼厲害，就一個人留下來！無論你去或不去，我們其他人要走了！」

「哼！那樣最好。」

帕特往一棵巨大老樹走去，他可能覺得只要爬到樹上，即使下大雨也沒關係，阿特惋惜地說：

「老師，我們不能丟下帕特，因為我們是同一組的。」

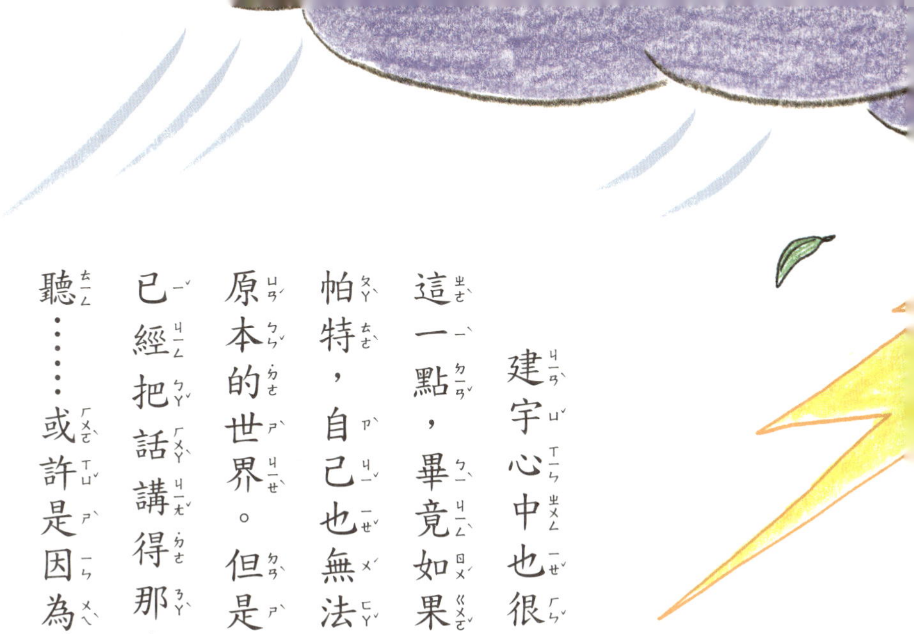

建宇心中也很清楚這一點，畢竟如果丟下帕特，自己也無法回到原本的世界。但是剛剛已經把話講得那麼難聽……或許是因為帕特

跟自己太像了，建宇才會那樣說，他很想收回剛剛說的話。此時，爬到樹上的帕特大聲喊叫：

「啊呀！救命、救命呀！」

建宇回頭一看，帕特被蜘蛛網纏住了，正在蹬腳用力掙扎。一隻長得兇狠的蜘蛛正快速接近帕特，眼看帕特快被蜘蛛抓住，其他螞蟻們都激動尖叫。

「帕特！」

「帕特，小心！」

陷入恐慌的建宇，彷彿也被蜘蛛

網纏住，完全不知所措，阿特催促他說：

「老師！帕特該怎麼辦？」

建宇這才清醒過來，但還是不知道如何是好。這時，他看見掉到自己腳邊的圓形果實，而且碰巧是足球的大小。建宇內心一急，用力把圓形果實踢出去。咻！像子彈飛射出去的果實，別說擊中蜘蛛，根本完全射偏了，建宇無力地嘆了口氣。

不過，快速飛出去的果實，撞到自然剝落的樹皮，巨大的樹皮正好從蜘蛛網上方掉落。蜘蛛網因此遭到破壞，蜘蛛嚇了一大跳，便趕緊跑走了，帕特趁機擺脫蜘蛛網。

螞蟻們拍手並發出歡呼聲，建宇對於自己做的事情，驚訝地張大嘴巴。帕特走到建宇和其他螞蟻身邊，乾咳幾聲後開口說：

「哼！好吧，走、走吧，我原本是真的打算不走的……。」

帕特扭扭捏捏走到大家前面，阿特跟其他螞蟻都在竊笑，帕特對著還在一旁發愣的建宇大聲喊道：

「老師，你還在做什麼？如果蜘蛛又回頭，該怎麼辦？」

「喔，對、沒錯，出發！」

建宇和螞蟻們排好隊伍出發：建宇、阿特、帕特走在最前面，其他螞蟻跟在後面。建宇還是無法相信自己變成老師，不，應該說目前為止發生的所有事情都令人難以置信，不過可以確定的是自己很想回家。

現在唯一的方法，就是把螞蟻們帶到山頂，而且一隻都不能少，所有螞蟻都要一起。

走了好一陣子，建宇開始擦拭額頭上的汗水。畢竟走在巨大岩石與草叢間，道路高低不平，走起來並不容易。加上看起來近在眼前的高山，其實比想像中遠多了，不管走多久，感覺依然很遙遠。

「唉，萬一永遠無法回去，該怎麼辦……？」

心生恐懼的建宇偷偷回頭看，頓時慶幸還有一起同行的螞蟻們，他這樣想著，不知不覺發現自己不再討厭螞蟻了。突然，阿特不小心踩空，差點摔倒。

「阿特，沒事吧？我說過這條路不太好走，要注意腳下。」

阿特點頭表示沒事，建宇也留意其他螞蟻的狀況。

「那特，我不是說過好幾次，你要照顧一下後面的同學。」

「還有帕特，你的速度不能再快一點嗎？一直落後怎麼辦。」

「還有那邊你……。」

「老師！老師你原本就這麼嘮叨嗎？」

建宇聽到帕特的話後，連忙反駁說：

「我、我哪有，我可是非常討厭嘮叨的人！」

「喔喔，但你從剛剛開始不就是一直在嘮叨，對吧？大家。」

帕特剛問完，其他螞蟻們都笑著點頭，建宇的

臉紅得發燙。

「啊，那、那個是嘮叨嗎？那都是為了你們好……因、因為擔心……。」

建宇結結巴巴地說，突然陷入沉思。

「……為什麼會一直想到大魔王呢？」

魔法咒語

建宇跟螞蟻們不知不覺走到山腰，建宇氣喘吁吁地停下腳步。

「唉，太累了。應該離山頂不遠了，我們先休息一下再走嗎？」

「好！好呀！」

帕特和其他螞蟻，好像一直在等建宇這句話，馬上表示同意，

但那特卻帶著不耐煩的表情插話說：

「老師，怎麼可以現在就休息？我們到山頂再休息就好了

吧！」

「如果那樣的話，到山頂之前大家就都累倒了。」

建宇神情相當疲憊，阿特走過來說：

「那特，我們休息一會兒再繼續走吧。」

那特沒辦法，只好走去岩石後面一屁股坐下來。建宇靠在樹墩上休息，接著眼前出現不可思議的場面：帕特和其他螞蟻們把草葉綁成圓圓的球，踢了起來。建宇高興地跑過去。

「同學們也懂得踢足球嗎？我可是很強的喔。」

建宇忍不住跟螞蟻們分享足球的各種知識，還示範給大家看，螞蟻們興致勃勃聽著。不久後，建宇對著正在獨自運球的帕特大聲說：

「帕特，只靠自己運球可不行喔，要把球傳給其他同學。」

帕特嘟囔著，把球踢走了。

「哎呀，不要、不要！為什麼一直叫我把球傳出去？我一個人也可以玩！」

「……。」

建宇一句話都說不出來，因為帕特說的話，像一塊大石頭壓在自己胸口，他耳邊響起大魔王的嘮叨聲：

「建宇，足球實力很重要，但只有自己一個人強是不行的。這是要互相協助、合作，大家一起玩的運動……。」

建宇的內心隱隱作痛，現在他總算明白，為什麼大魔王會那樣說。建宇再也無法對帕特說什麼，他垂下肩膀，默不吭聲往前走。

帕特走到他身邊，支支吾吾地說：

「你生氣了嗎？不、什麼？就因為……不過老師你是從什麼時候開始喜歡足球？」

「……」

如今回想，建宇會喜歡足球還是託大魔王的福。因為大魔王常常稱讚建宇速度快且動作敏捷，所以一定很會踢球。在那之後，建宇也像帕特那樣，常常想一個人霸占球，上次運動會時，建宇就是如此。不只足球，建宇做其他事的時候也是這樣，總是任意妄為，理所當然會常常聽到大魔王嘮叨。

建宇好不容易開口說：

「帕特，其實我也像你……。」

就在建宇想說出自己的事情時，原本就烏雲密布的天空，開始劈里啪啦地下起雨。

「天啊！下雨了！」

螞蟻們四處逃竄，大聲喊叫著。對身體小巧的螞蟻和建宇來說，落下來的雨滴非常巨大，天空像是在傾倒炸彈。驚慌失措的螞蟻開始走散，此時，岩石後面的土地開始塌陷，坐在那邊的那

特隨之往下掉。

「啊！救命！」

建宇趕緊跑過去，地面塌陷的地方已經出現一條水路，那特為了不讓自己被水沖走，用盡全力緊緊抓著草。

「再堅持一下！」

嘿呦
呼呼

建宇往懸崖下方伸出手，但根本搆不到那特，他奮力想把手再伸長一點，下一刻，他身體失去平衡，也跟著往下掉。

「啊！啊啊！」

這時有什麼東西抓住建宇的手，原來是帕特！然後帕特的手被阿特抓著，後面是原本走散的螞蟻們，排成隊伍一個拉著一個。

「同、同學們……」

建宇發出哽咽的聲音，感覺喉嚨深處發燙。螞蟻聚集每一個人小小的力量想救起他們，看起來非常偉大且感人。建宇盡力把手伸向在懸崖下面的那特，那特緊緊抓住建宇的手。

終於，建宇和螞蟻們到達山頂洞穴，原本減緩的雨勢又開始變大。其他組的螞蟻，看到建宇一行人安全抵達，不由得發出歡呼聲，洞穴內充滿溫暖的熱氣和笑聲。

建宇看一看四周，跑到巨大岩石旁邊，想到終於可以回家了，他的內心相當激動。但是，

當建宇看到岩石上的文字後，臉色馬上變得蒼白。

「咒、咒語？我不知道這是什麼東西？」

都已經走到這裡，居然還是無法回家！建宇渾身無力，螞蟻們對他投以擔憂的眼神，往建宇身邊聚攏，建宇趕緊問：

「你們知道咒語是什麼嗎？」

螞蟻們全都搖頭，阿特再走近一步，惋惜地說：

「老師，不要太難過。雖然現在不知道咒語，但是一定可以找出來的。」

建宇仍然十分沮喪，他低下了頭。帕特一副有話要說的樣子，悄悄地靠過來。

「老師，是您讓我可以跟朋友們一起走到這裡，謝謝。」

「我、我也要謝謝老師。」

那特也點頭道謝。

阿特跟其他螞蟻異口同聲，大聲對建宇說謝謝，建宇擦擦眼淚說：

「我、不是的，其實是因為有你們，我才可以走到這裡。我一個人的話，絕對到不了。」

建宇一一看著阿特、帕特、那特，還有其他螞蟻，然後用充滿誠意的聲音說：

「謝謝……。」

建宇的話在洞穴內產生回音，嗡嗡作響，空中出現耀眼的光芒，因為太過刺眼，建宇緊緊閉上眼睛。

「建宇，你在講臺下面做什麼？」

某人的聲音讓建宇瞬間清醒，建宇被嚇得想站起來，頭卻撞上書桌。

「喔！好痛！」

「你這小子真是的，小心點，沒事吧？」

謝謝

班導摸摸建宇的頭，他正從講臺下面走出來。建宇此刻才明白是怎麼一回事，他看看周圍。

「大魔王，不、老師！我回來了，對吧？我真的回來了？」

「什麼？你在說什麼？」

「我說我從螞蟻村落回來了，看來那句話就是咒語。哇，能夠回來真的太棒了！」

「小子，說什麼傻話……。」

建宇開懷大笑，還跳了起來。

老師看到建宇手上還拿著座位抽籤筒，露出疑惑的表情。

「啊，我是為了撿掉在地上的這個……。」

建宇偷瞄講臺下一眼，不過那裡沒有其他類似盒子的東西。

老師把抽籤筒放在講臺上後，問：

「建宇，你跟這次選的小組相處得好嗎？」

建宇點頭後，老師又繼續問。

「要跟同組的同學一起出去才對，你為什麼一個人留在教室？去外面吃點東西，跟同學一起玩不是很好嗎？老師希望你跟同學們好好相處。還有，你跟同學一起玩的時候……。」

老師又要開始長篇大論，不過這次嘮叨感覺跟之前不太一樣。

建宇仔細看著老師的臉，下一秒突然抱住老師，老師大吃一驚，但笑著說：

「哈哈哈，你這小子為什麼突然這樣？」

建宇緊緊抱住老師，發自內心地說：

「老師，謝、謝謝……。」

老師輕輕撫摸著建宇的頭。

3月2日
下午2:35

作者的話

大家喜歡哪種老師？

新學期開始的第一天，每個人都有緊張等待班級導師出現的回憶。內心一定喊著：

「拜託！請出現我喜歡的老師。」

那麼，大家喜歡的老師是哪種類型呢？

我在演講場合或遇到小朋友時，如果提出這個問題，很神奇，幾乎都會聽到相當

類似的答案，最多小朋友的答案是「親切的老師」。

「親切的老師是哪種老師呢？」我需要進一步反問，小朋友們才會說出各自稍微不一樣的答案。不管何時都很溫柔的老師、會關心自己的老師、總是笑容滿臉的老師、即使是很小的事情也會幫忙的老師等等。除此之外，也有些小朋友會回答，喜歡有幽默感的有趣老師、會陪自己玩的老師、

只會叫我寫一點點作業的老師。

特別是男孩子，有好幾位都說喜歡安排許多體育活動的老師。有沒有覺得本書中，建宇選的老師，跟大家喜歡的老師差不多呢？

建宇討厭聽到班導嘮叨，因為他覺得老師的嘮叨聽起來很煩，令人反感。但建宇從螞蟻村回來之後，稍微可以理解老師的用心了，真是非常慶幸。因為老師的嘮叨，

都是源於愛與擔憂。

正在看這本書的大家，一定都遇到了好老師！希望你們可以想到老師的溫柔用心，至少向老師好好表達一次謝意。

「老師，謝謝您！」不要忘記這樣說喔。

喜歡小朋友笑聲的童話作家
崔銀玉

作者簡介

首爾出生，驪州長大。二〇一一年獲得 Pronnibook 文學獎的新人獎之後，從此踏上作家之路。二〇一三年獲得 Bilyongso 文學獎第一名。總是努力寫出讓小朋友可以快樂閱讀的故事。著有《用書擦屁股的豬》、《完全貼在黑板的孩子們》、《閱讀書籍的狗狗萌萌》、《消失了的足球》、《放屁紙》、《嘮叨的鯛魚燒》、《畫家的習慣》、《紅豆粥老虎和七個傢伙》、《雨傘圖書館》等。

繪者簡介

在學校攻讀動畫製作。現在跟四隻貓、兩隻狗，還有兩位人類組成的大家族一起生活。繪畫過的書有《背背我，背背我》、《我們的新年》、《嗶嗶總是隨心所欲》、《不看手機，改玩滑輪》、《老師也再次看看》、《黃金蛋孵出來的鳥》等。

譯者簡介

劉小妮

喜歡閱讀，更喜歡分享文字。目前積極從事翻譯工作。譯作有：《願望年糕屋 1 ～ 3》、《強化孩子正向韌性心理的自我對話練習》、《隨我心意選朋友》、《隨我心意選自己》。

故事館

故事館系列 071

神奇許願系列 3：隨我心意選老師

내 멋대로 선생님 뽑기

作者	崔銀玉（최은옥）
繪者	金鵡妍（김무연）
譯者	劉小妮
語言審訂	張銀盛
封面設計	許貴華
內文排版	許貴華
出版一部總編輯	紀欣怡

出版者	采實文化事業股份有限公司
執行副總	張純鐘
業務發行	張世明・林踏欣・林坤蓉・王貞玉
國際版權	劉靜茹
印務採購	曾玉霞
會計行政	李韶婉・許俽瑀・張婕莛
法律顧問	第一國際法律事務所　余淑杏律師
電子信箱	acme@acmebook.com.tw
采實官網	www.acmebook.com.tw
采實臉書	www.facebook.com/acmebook01

ISBN	978-626-431-094-9
定價	350 元
初版一刷	2025 年 9 月
劃撥帳號	50148859
劃撥戶名	采實文化事業股份有限公司
	104 台北市中山區南京東路二段 95 號 9 樓
	電話：(02)2511-9798　　傳真：(02)2571-3298

國家圖書館出版品預行編目資料

神奇許願系列 . 3, 隨我心意選老師 / 崔銀玉著 ; 劉小妮譯 . -- 初版 . -- 臺北市 : 采實文化事業股份有限公司 , 2025.09

136 面 ;14.8×21 公分 . -- (故事館系列 ; 71)

譯自 : 내 멋대로 선생님 뽑기

ISBN 978-626-431-094-9(精裝)

862.596　　114009922

線上讀者回函

立即掃描QR Code或輸入下方網址，連結采實文化線上讀者回函，未來會不定期寄送書訊、活動消息，並有機會免費參加抽獎活動。

http://bit.ly/37oKZEa

采實出版集團 ACME PUBLISHING GROUP

一起來寫信吧！

請用《隨我心意選老師》的信紙，
寫信給關心你的人，感動會變成兩倍喔。

★ 想寫給誰？

- 正好是教師節，寫給老師
- 寫給這個月過生日的家人
- 寫給想分享祕密的好朋友

★ 決定好之後，就寫寫看吧。

- 希望老師做什麼、希望老師理解自己，或是想感謝老師什麼
- 平時想對父母說的話，但是因為太害羞而說不出口；或是想祝賀家人的話
- 想偷偷跟朋友說的話